구름 봉우리

구름 봉우리

나의 제2차 세계대전

타무라 쇼지 詩集/ 고명성 옮김

논형

본 작품 속에는 현재 관점에서 차별적 표현으로 보여지는 부분이 있을 수 있으나, 작가의 차별적 의도는 없으며 현대적 배경을 감안해 원문대로 옮겼습니다.

타무라 쇼지(田村照視)

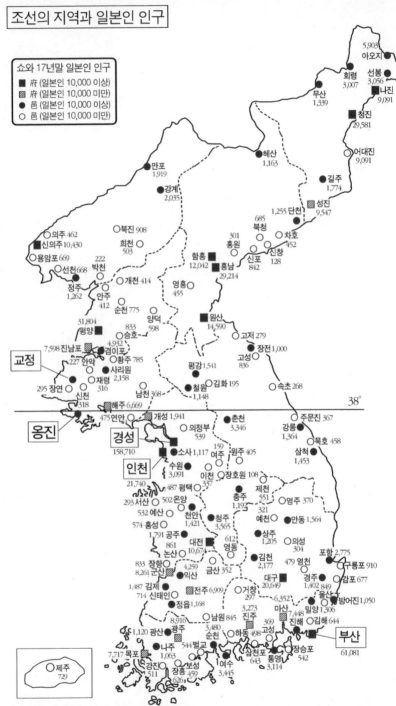

조선의 지역과 일본인 인구

쇼와 17년말 일본인 인구
- ■ 府 (일본인 10,000 이상)
- ▨ 府 (일본인 10,000 미만)
- ● 邑 (일본인 10,000 이상)
- ○ 邑 (일본인 10,000 미만)

아오지 5,903
회령 3,007
선봉 3,056
무산 1,339
나진 9,091
청진 29,581
어대진 9,091
혜산 1,163
길주 1,774
단천 1,255
성진 9,547
만포 1,919
강계 2,035
북진 908
희천 503
홍원 301
북청 685
차호 452
신포 842
함흥 12,042
흥남 29,214
신창 128
의주 462
신의주 10,430
용암포 669
선천 668
박천 222
정주 1,262
개천 414
안주 412
순천 775
영흥 455
양덕 598
원산 14,590
고저 279
장전 1,000
평양 31,804
진남포 7,598
겸이포 4,932
안악 227
황주 785
승호 833
사리원 2,158
재령 316
고성 836
평강 1,541
남천 368
철원 1,148
김화 195
속초 268
장연 295
신천 318
해주 6,669
연안 475
개성 1,941
의정부 539
춘천 3,346
주문진 367
강릉 1,364
묵호 458
삼척 1,453
경성 158,710
소사 1,117
여주 159
원주 405
인천 21,740
수원 3,091
이천 337
장호원 108
제천 551
영주 370
평택 487
충주 1,192
예천 321
안동 1,564
서산 293
온양 502
예산 532
홍성 574
천안 1,421
청주 3,565
상주 1,205
의성 304
포항 2,775
공주 1,791
대전 10,674
영동 612
김천 2,177
영천 479
구룡포 910
논산 861
금산 352
경주 1,402
감포 677
장항 833
군산 8,261
익산 4,259
거창 297
울산 849
방어진 1,050
김제 1,487
신태인 714
전주 6,909
진주 3,273
밀양 1,306
정읍 1,168
마산 7,448
진해 369
김해 644
남원 845
하동 498
고성 6,352
부산 61,081
광산 8,916
광주 3,480
순천 369
삼천포 643
장승포 542
나주 1,063
벌교 544
여수 3,445
통영 3,114
목포 7,717
강진 511
장흥 459
보성 626

교정
옹진

제주 729

38°

모리타 요시오 저, 『조선종전의 기록』(국립국회도서관 소장).

패전 후 시인 타무라 쇼지가 탔던 귀한선 도쿠쥬마루(德壽丸) (1945년 12월 23일).
본문의 〈귀환선〉, 87쪽 참조.

머리말

　일본 패전 후 70년, 지금은 그 때의 일을 적는 사람도 드물다. 주류가 되는 역사는 많은 영상과 서적으로 나와 있지만, 북한의 외딴 농촌의 풍속과 습관 속에서 패전 후 시절을 어떻게 살아왔는지, 감수성이 풍부했던 소년시절을 보낸 증언자로서 나는 머릿속에 남아있던 충격적인 무수한 기억들을 기록하였다.

　그 당시 살았던 지명은 황해도 옹진군 교정면 송림1구, 마을에서 멀리 떨어진 황해의 38도선에서 25킬로 정도 북쪽에 위치하고 있었다.

　아버지는 교정 공립 초등학교 교장이었으며 나는 4형제 중 차남으로 3학년 10살이었다. 그곳은 내가 일본을 알지 못한 채 성장한 제2의 고향이기도 했다.

　현재, 정부 간 관계는 별로 좋지 못한 상황이지만, 이웃국가 간 시민들은 깊은 이해와 서로를 존중하는 것이 미래를 위해서 중요한 일이라고 생각한다.

　2011년 동경의 신오쿠보역 플랫폼에서 술에 취해 선로에 떨어진 남성을 구하려 한 한국인 유학생 이수현 씨가 떨어진 남자를 구하려 했지만 결국 죽고 말았다. 이 용감한 행동을 많은 일본 신문사들이 보도하였고 역에는 이수현 씨의 동상이 세워졌다.

그 후 어머니가 눈물을 흘리며 한 기자회견은 다시 한번 감동으로 이어졌다.

"아들은 인간으로서 당연한 일을 했습니다." 지금까지도 잊혀지지 않는 기억으로 남아 있다.

차례

1
패전 전의 북한

출생 후 첫 기억

− 1938년 찬산리(贊山里)

할머니를 화장하고 있다
싸락눈은 바람에 날려 춤을 춘다
산은 하얗게 얼고
불길은 요동치고 있다
많은 사람들 속에서
할머니를 찾고 있다

"자장 자장" 하는 누군가의 등에 업혀 있다
시야에 할머니가 안 보인다
화장 불길이 뜨거워 꿈을 꾸었다
언제나 그러하듯 할머니 등에서

집 안에서도
바다가 보이는 뒷밭에서도
작은 체구의 할머니 등에 업혀
철이 들었다

소나무 가지 채 엮어 만든 틀 속
바람에 흔들리는 불길은
불기둥을 높이고 있지만
다음 장면에는 어느새 완전히 불타 있었다

"쇼지 너도 할머니 뼈를……"
어머니는 긴 막대기를 쥐여 주었다
몇 번이고 뼈를 건져 올렸다
슬픔은 없다
할머니는 왜 뼈가 되었을까

아버지가 유골을 시코쿠(四国)에 있는 무덤에 묻기 위해
일본에 귀국한 듯
"할머니는? 할머니는?"
난 어머니를 난처하게 만들었다고 한다

만가(挽歌)

― 1943년 전후

아침 투명한 바람 속
무당의 가늘고 높은 슬픈 노랫소리가
멀리 떨어진 논과 밭까지 흘러간다
가끔씩 어깨를 웅크렸다 폈다
손은 하늘을 향해
헤엄치듯 밀어 올린다
길고 하얀 한복 소매는
무당 뜻대로 공중을 헤엄친다

학교 직원인
최 씨의 어머니가 돌아가셨다
언제나 따뜻한 눈빛을
주름 속에서 보이시고
할머니처럼 귀여워해 주셨다

해가 떠오르고 관이 땅에 묻히며
무덤이 완성되었다

"아이고– 아이고–"
아낙네들은 울부짖었다
무덤 주변을 두드리고 쓰다듬었다

만가는 언제까지고 끝나지 않았다

정오쯤 되자
다양한 요리들이 옮겨져
무덤 주변을 가득 채웠다
늙은 남자들은
검은 망으로 된 관을 머리에 쓰고 하얀 옷의 도포를 입고
긴 콧수염을 치켜세우며 막걸리를 마셨다

무덤 정면에는
도라지 꽃이 가득 놓여 있다
청자색으로 기품이 가득한 헌화는
심어져 있던 것인지 꺾은 꽃이었는지

기억이 나지 않는다

안개비가 내리기 시작하고
차가운 바람 속
무당의 가늘고 높은 장례식 만가와
아낙네들의 만가는
아직 이어지고 있다

아버지 다리

— 1943년

횃불의 불빛은
어둠에 동화되어
몇 미터 앞 밖에
닿지 않는다

아버지가 오른손을 높이 치켜 세우면
불똥이
소리를 내며 흩어진다

아버지의 강인한 왼손을
힘껏 잡은 채 걷는다
그냥 열심히 걷는다

지칠 대로 지쳐
무너질 듯한 시야에는

강하게 교차하는

튼튼한 두 다리뿐

"사박사박 사박사박"
군화가 자갈과 맞물리는 소리는
흐트러짐 없이
한 시간을 넘기고 있다

초등학교 1학년
첫 여름방학
바다 가까운 곳에 사는 같은 반 친구 집에 간다
먼 길을 따라

늦은 밤이었지만
친구는 기뻐 뛰어나와
맞아 주었다

호랑이 소굴

― 1944년 여름

평양에서 아버지 손님이 오셨다
몸집이 큰 남자라서 집 안에서는 몸을 숙이고 걷는다
그 눈동자가 번득이며 나를 향하면
나도 모르게 고개를 숙이고 만다
눈도 크고 코와 입도 크다
저런 교장이 있는 학교의 학생들은
불쌍하기 짝이 없다

야생호랑이를 보고 싶고
가능하면 총으로 쏘아 보고 싶다고 한다
평양에서 만주에 걸쳐
깊은 산골이 있지만
관동군 시설이 많아
섣불리 가까이 갈 수 없다고 한다

아버지는 계절 안부 인사장에
호랑이 소굴을 발견했다고 적었다

몸집이 큰 남자는 여름방학을 손꼽아 기다렸는지
오토바이를 타고 나타났다

드디어 다음날 아침 출발이 결정되었다
몸집이 큰 남자와 아버지는 엽총을 손질하고
호랑이 전용 총알을 만들기 시작했다
나도 허락을 받아
두근거리며 도왔다

공포탄에 탄띠를 끼우고 화약을 넣었다
화약을 고정하기 위해 왁스를 녹여 채워 넣고
총알은 스크루 세 장으로 된 깃
그 위에 한 번 더 왁스로 고정했다
각기 비상용으로 3발씩 만들어
탄창벨트에 끼웠다

직원인 최씨는 지리에 밝고

판단력이 뛰어나 안내인으로 적합했다
나와 형 그리고 친한 마을 사람 몇 명
10여 명 정도의 대열을 조직하여 깊은 산 속으로 향했다
믿음직스러운 개 한 마리
포인터와 세터의 혼혈 개인
존도 꼬리를 흔들며
선두에서 걷고 있는 아버지 뒤를 따랐다

어두울 때 집을 나섰지만
정오가 될 쯤 아버지의 표정에서 당황한 기색이 엿보였다
노루를 뒤쫓아 길을 헤맨 곳은
좁은 계곡이 흐르는 산기슭인 것 같다

둥그렇게 둘러앉아 주먹밥을 입 안 가득 먹고 있으면
바람 방향이 바뀌었는지
엎드려 있던 존이 으르렁거리며 짖고
바람 방향을 향해 자세를 취했다

아버지와 몸집이 큰 남자는 사람들을 통제하며 총을 집었다
정적이 흐르고 풀잎이 스치는 소리마저 들린다
몇 초 정도였지만 몇 분이나 흐른듯 생각되었다
우수한 사냥개는 꼬리를 세워 슬슬 전진하기 시작했다

계곡까지 산이 맞닿은 암벽에 검은 구멍이 보였다
사람이 선 채 들어갈 정도의 섬뜩한 구멍
존이 용감하게 전투태세를 취하고는 뛰어들어갔다
주변 습지에는 크고 작은 많은 발자국
틀림없이 새끼를 키우는 호랑이 소굴이다

몇 초 뒤 존은 아무 일도 없었다는 듯
꼬리를 흔들며 구멍에서 나왔다

호랑이는 천리를 달려
천리를 달려 돌아온다고 한다

김장하는 날
— 1944년 겨울

그 날은
일 년 중 가장 바쁘다
고된 하루가 시작되었다
겨울방학 한 지 얼마 되지 않았다
나는 아직 온돌방에서
이불을 덮고 졸고 있는데
부엌과 뒷마당이 요란스럽다
옆에서 자고 있는 형과 여동생 남동생도
아직 이불 속이다

부엌에는 아낙네가 대여섯 명
마치 화가 난 것처럼
큰 소리로 순서에 대해서 이야기 하고 있다
어머니는 알아듣고서
지시를 내리고 있다 조선에 온지 8년

아낙네들과의 교제가 잦아져

조선말도 한다
넓은 부엌 지면에는
배추가 산더미처럼 쌓여 무너질 듯 하다

싸락눈이 내리는 뒷마당에서는 남자가 네다섯 명
곡괭이와 삽으로 구멍을 파고 있다
항아리 12개를 메우려면 고되지만
하나씩 절임이 끝나는 것에 맞추어
세상 이야기를 하며 휴식을 취한다

아낙네들은 배추를 두 동강 내어
배추 한 잎 한 잎 사이에 양념을 바른다
고춧가루를 붉게 물들 때까지 발라서
새우젓과 잣을 가득
얇게 썬 사과와 배를 사이에 끼운다
손은 붉게 물들고
익숙한 손놀림으로 빈틈없이

항아리 속에 나란히 놓는다

우리 집 김치에는 룰이 있다
설날에 처음 항아리를 여는 것
살짝 겉절인지라 아삭하고
배추줄기의 부드러운 주변은 얇게 얼어있다

따뜻한 온돌방에서
입 안에 넣어
천천히 씹으면 맛있다

한가운데 줄기 부분을
누가 먹을지 형과 둘이서
언제나 가위바위보로 정했다

친구와의 만남
— 1943년 쯤

소년은
소 외양간 옆 바닥
지푸라기 안에서 잠을 자고 있었다
적토 벽은 갈라져
초가 지붕은
손이 닿을 정도로 낮다

어둠 속
아버지와 우리들이 들어가면
공포에 질린 눈으로
뒷걸음질 쳤다
"아버지는 어디에 있어!"
면청 공무원은 왜 그런지
나무라듯 차갑게 말했다
소년은 떨리는 손가락으로

안채 쪽을 가리켰다
아버지는 미소 지으며 끄덕였다

소년은 이듬해 일 년 늦게
입학하였다
가느다란 눈은 언제나 웃고 있으며
낚싯대 만드는 명인으로 얇은 대나무를 이용해
몇 개의 명품을 만들어 주었다

흐릿하게 흐르는 작은 강
계속해서 퍼붓는 비
큰 붕어를 낚아 올리고는
돌아보며 자랑스러운 듯
씨익 웃어 보였다

영원히 변치 않을 것 같던 이곳은 6 · 25한국전쟁에서
미군의 가차없는 폭격에
산 모양조차 바뀌어버렸다고 한다

소년 시절을 보낸
눈에 선한 고향이여

옛날과 같이 있으라

친구여 혼돈한 북한에서
무사히 살아남았느냐
간절히 빈다
건강히 살아주기를

만날 수만 있다면
온갖 고난도 마다하지 않겠네

* 한일합병에서 민족동화 정책을 목표로 일본정부는 식민지화를 진행시키기
위해 조선총독부를 설치하고 시정권을 손에 쥐었다.
아버지는 토쿠시마현에서 32살에 초등학교 교사로 전근하였다.
당시 조선은 의무 교육은 시행되지 않았고 입학한 아이들에게 일본 교육이
강요되었다.
교장이신 아버지, 지방 공무원은 입학은 했으나 등교하지 않는 아이들의 가
정을 방문하여 부모를 설득하여 통학을 독촉하였다.
학교가 쉬는 날이면 아버지 손에 이끌려 그러한 집들을 방문하였다. 아이를
데리고 가면 설득하기 쉽다는 아버지의 배려였다.

황해에서의 조개잡이

— 1944년 여름

어른 주먹 크기만한 조개가
여기저기 굴러다니고 있다
멀리에서도 잘 보인다
바닷물이 빠져 나갈 때 쫓아가서는
갈라진 틈에서 주워 모아 그물망에 넣는다
금방 가득 차 무거워
모래 위를 질질 끌며 걷는다

황해는
간만의 차가 심하여
덩치가 커진 조개는
썰물 속도를 못 따라가
모래사장에서 빠져나가지 못한다

바다 속이 급류의 강이 만들어지고

흐름이 빨라 앞길을 막고는

생선과 조개 토막을 바늘에 꽂아
낚싯줄을 던지면
금방 망둥어가 걸린다
열중하고 있으면
들어오는 바닷물은 아이들의 발보다 빠르다

여름방학 대부분
바다 근처 구포리(九浦里)에 살고 있는 같은 반 친구
구군의 집에서 지냈다

주인 집 울타리 폭은 넓고
울타리 안에는 소작인들의 주거지와
소 외양간이 있었다
중앙의 광대한 저택에는
대가족과 여자들이 살고 있었다

소작인들의 아이들 속에는

동급생인 손군도 있었지만

웬일인지 바다에는 가지 않았다
저택 마당에는 오래된 대추나무가 있어
시원한 나무그늘에서 3명이서 낮잠을 자거나
검붉게 익은 열매를 골라 먹었다

저녁식사 식탁은 길고
50명 정도 양쪽에 마주보고 앉았다
주인이 윗자리에 책상다리를 하고 앉으면
옆에는 장남인 이(李)와 나
양쪽에는 몇 명의 부인과 그 아이들
그리고 친척과 하인들의 우두머리들이 앉고
주인이 말을 하면 동시에 젓가락을 집었다
그릇은 놋쇠로 된 밥공기와 은 젓가락

침실은 어린 나에게는 넓고

모기장 안에서도 5명 정도가 잘 수 있는 크기다
누우면 매일 밤 같이
젊은 여자들이
곁에서 함께 잤다

부채로 잠이 들 때까지 부채질을 해 주었다

그 때는
반복되는 그런 생활이
당연하다고 생각했다

소녀들
— 1943년 4월

땋아 내린 머리의 소녀들이
가족들과 헤어져
포플러 가로수 길을 걷는다
멀리에서도 슬퍼 보이는 기색은 없다
교정에서 내려다보이는 눈이 녹아 내리는 길은
아득히 보이는 동쪽의
완만한 고개로 연결된다

사람들 앞에서 약간의 거리를 두고
팔자모양의 콧수염을 한
군 소속 조선인 남자가
검은 망토를 바람에 나부끼며
가끔씩 뒤를 돌아보고는
서두르라는 듯 손을 흔든다

송별인사는
아버지의 몫이었다

몇 년 전에 졸업한 소녀들에게
무슨 말을 했을까
어두운 표정에
어딘가 답답한 모습이었다

일본인 학교가 마을에 있었지만
이 산골마을에 있는 일본인 학생은
형과 나뿐
선생도 교장인 아버지뿐이다
가끔씩 일본에서
젊은 선생이 전근을 오지만
금방 소집영장이 나와서
전쟁터로 소집(召集)되었다

수업은 1학년부터 일본어를 사용한다
쉬는 시간에도 조선말을 하면
심한 벌을 받았다

잘 모를 때는 "조선말로 ○○"라고
주석을 필요로 했다
반에서는 이과와 산수도
잘하는 마모토 스이세이가 있어
나는 반장이 되질 못했다

올해도 봄이 가깝다
눈이 녹아 내리는 포플러 가로수 길을
가족들의 배웅을 받으며
먼 동쪽 고개로

여행을 떠나는 소녀는 있을까

* 조선에서 법률이 시행되어 여자근로정신대가 생겨난 것은 1944년 4월이
며, 〈소집〉되어 보내진 것은 여자근로정신대로서 호응했다고는 볼 수 없다.
군속 등에게 보내졌다는 것은 국가가 개입했다는 것이다. 피해를 당한 여성
은 젊은 나이에 고향에 있는 부모와 이별을 강요당했으며, 그녀들의 행방은
알 수 없다.

구름 봉우리

― 패전을 알다 1945년 8월 16일

여름방학이 반 정도 지날 때쯤

그 날도 그네를 타러 갔다

운동장 서문에서

마을로 빠지는 좁은 언덕길

쨍쨍한 햇빛을 째며

검푸른 하늘에는 뭉게구름 봉우리가

뭉게뭉게 이어졌다

길 양 옆에는 여름풀이 무성하여

숨 막힐 듯한 열기

마을로 내려가는 중간쯤

큰 느티나무가 절벽을 향해 뻗고 있다

가지에는 10미터 정도의 밧줄이 걸려져 있어

아이들에게 인기가 많았다

차례를 기다리는 아이는 3명이라서

그 뒤에 줄을 서려고 하면
나이 많은 연장자가 가슴을 미는 듯 꾹 찌르며
일본인은 안 된다고 한다
이해 못 하겠다고
친구들을 둘러보면
눈을 피할 뿐이다

집에는 통통하고 불그스름한 얼굴을 한
학교 김선생님이 와 있다
아버지와 어머니에게
큰 손짓발짓으로 이야기를 하고 있다
고양된 얼굴은 긴장되어 있지만
지금까지 본 적이 없는 모습이다
자랑스러운 듯한 태도와 함께
위압감을 느꼈다

여기 교정면은

전기가 들어오지 않는다
라디오도 전화도 없다
하루 한 번 집배원이 올 뿐이다
어제 정오에 옥음방송(쇼와일왕의 항복방송)이 있었다는 것을
하루 늦게 알게 되었다

"이겨서 만세를 못 부르게 되었네"
들어가는 목소리로 어머니가 말했다
아버지는 팔짱을 낀 채로 지그시
구름 봉우리를 바라보고 있었다

2
피난 생활

기마장교
— 1945년 8월 19일

"캬―" 비명소리가 들렸다
말을 탄 청년 기마장교가
일본 칼을 흔들며
빠른 속도로 달리는 트럭을 쫓아간다
짐칸에는 곤봉을 든 남자들이 십여 명
기마장교를 향해
소리치고 있다

순식간에 눈 앞을 지나가
주위는 자욱한 흙먼지로
얼굴을 뒤덮은 짧은 시간이 지나고
트럭과 말이
멀리 작게 보였다

1945년 8월 19일
살고 있던 황해 쪽 북한에서
38도선을 향한 지 3일째

필사적으로 기어가듯 걸어 도착했다
열기가 극에 달한 한 낮
길가에서 수증기가 피어 올랐다
옹진에 도착해서
금방 생긴 일이다

항일세력은 그대로
의용군이라 불리는 사람들이 많아지고
일본군과 대항하고 있었다
미군은 아직 오지 않았다
일본군은 명령을 기다리고 있는지
아직 무장해제를 하지 않았다

아버지는 미간을 찌푸리며
"흩어지면 안 된다" 어머니와 자식들 4명에게
무서운 눈초리로 말했다

아버지의 배낭은
몸보다 크고 무게는 어깨를 짓누르고
그 위에 여동생을 안고 있다
어머니는 남동생을 등에 업고
양손에는 얼마 남지 않은 식량을 들고 있다
형은 6학년이라서 큰 배낭을 들고 있다
내가 들고 있는 것보다 훨씬 큰 것을

어떻게든 여기까지 살아서 왔다
낮에는 도로를 벗어나 산길을 걸었다
밤에는 작은 횃불 하나로 의지하며
약간의 수면을 취하면서
조금이라도 38도선 근처로 가기 위해
아버지 뒤에서 발을 질질 끌며
계속 걸었다

물집이 터져 운동화가 피로 물들었다

길 한 중간이든 뭐든 간에 상관없다
뻗어서 잠을 자고 싶다

지인의 집은 중심가에 인접한 곳이다
큰 포목상 후지모토 상점
헛간에는 몇 가족이 자리를 잡고 있었다
언제까지 머물게 될지 모르겠지만
지금은 빨리 자고 싶다

그 후 며칠 뒤
소련군인이 마을에 넘쳐나기 시작해
낮이든 밤이든
여자들의 비명소리가 들리기 시작했다

그 때마다 아버지는
"여긴 남한이다 왜 저놈들이 왔는지"
억울한 듯 주먹을 불끈 쥐었다

양반
— 1945년 8월 20일 전후

밤이 되면
옹진 마을에는 유황냄새가
바람을 타고 퍼져 코로 스며들었다
수증기는 길 하수구
어둠에서도 눈에 띌 정도로 하얗게 피어 오른다

이선생님이 왔다
손에는 짚으로 감은 달걀 2개를 들고
악의가 전혀 없는 맨숭맨숭한 얼굴로
아버지에게 교정마을의 그 이후 상황을 알려 주었다
눈에는 눈물이 고였다

이선생의 집안은
한일합병 이전부터

마을의 지도자 위치에 있고
일본에서 대학을 졸업한 후
문맹퇴치 정책에 찬동하여
일부러 고향에서 선생의 길을 선택하고

봉직하였다

우리 집안이 8월 16일에
최소한의 소지품만 들고
교장관저에서 도망온 뒤
패전을 알려주려고 온 김선생님은
공산당원이었던 것 같다며
값나가는 가구와 칼, 엽총 3정은
그의 지시로 배분되었다고 한다

늦은 밤을 맞이한 마을에서
목소리를 낮추어 이야기 하고 있었지만
같은 헛간에서 지내는
주위 사람들에게 방해가 된다며
다시 올 것을 약속하고 돌아갔다

* 여기서 〈문맹 퇴치〉는 일본어 교육을 의미하며, 일본어 교육에 의한 일본인
으로 동화시키려는 것을 의미한다. 3·1 독립운동 이후 조선어 신문 〈조선일보〉,
〈동아일보〉가 주장하면서 전개된 〈문맹 퇴치〉운동은 조선어 습득을 도모하
는 운동이며, 작품 속에 등장하는 〈문맹 퇴치〉와는 정반대되는 운동이다.

경찰서장

— 1945년 8월 21일 전후

마을은 아직 깨어나지 않았다
마을 길가에서는 유백색의 수증기가
일직선으로 피어올라
회색 하늘로 사라진다
언제나 변하지 않는 따뜻한
아침 풍경이지만

웅진으로 피난 와서
일주일이 되어 가고 있다
흩어져 지내고는 있지만
일본인 위원회를 중심으로
적은 식량을 나누고
정보교환을 하며 서로 돕고 있다

그 날 아침
위원회 소식에 따르면
수십 명이 경찰서에 모였다

삼삼오오 눈에 띄지 않고

아버지의 뒤로 보인 것은
많은 사람들이 경찰서를 둘러싸고
문을 두드리며 소란을 피우고 있는 것이다
"경찰서장이 도망쳤다" "경찰차로 도망쳤다"
가장 의지하고 있던 일본인이
가족들을 데리고 도망쳤다
오후부터는
소련군인들에 의한 무장해제가 시작되었다
멀리서 보고 있던 나에게도
비명에 가까운 목소리가 들렸다
"이것은 천황으로부터 받은 것이다"
"네놈들에게는 절대 못 쥐"
젊은 병사는 눈물을 흘리며
이를 악물고 총을 놓지 않았다

백 명 정도의 부대원은 무방비 상태가 되어
몇 대의 장갑차에 태워져
어디론가 끌려갔다
시베리아였는지도 모르겠다

이제 우리를 지켜주는 것도
의지할 곳도 전부 사라졌다

황혼에서 땅거미가 지기 시작하면
안개인지 수증기 때문인지
등불만이 번지어 보였다

잔혹한 사형(私刑)

— 1945년 9월 초순 옹진에서

피투성이가
비가 그친 진흙탕에 튀었다
눈 깜박할 사이에
주위 한 쪽 면이 새빨갛게 물들었다

대여섯 명의 남자들이
악마로 보였다
각자 둥근 몽둥이를 손에 들고
둘러싼 남자를 향해
앞 다투어 내리치고
그 때마다 피가 튀었다

남자는 머리를 쥐어 잡고
웅크리고 있었지만 참을 수 없었는지
빨갛게 물든 진흙탕에
쓰러졌다

"아버지!"
친구 마짱의 절규가
비명으로 바뀌었다

마짱을 안고 있었는지
손만 잡고 있었는지
갑자기 일어난
무서운 일에 기억이 나지 않는다
드러누운 채 움직임이 없는 모습을 보면서
남자들이
욕을 퍼붓고 흩어졌다

그 후 마짱 가족의 일을
난 알 수 없었다 아니
알려고 하지 않았다

*친구 마짱의 아버지는 일본군 소속으로 노동자 강제징집과 현장감독을 했다.
옹진 교외에는 대규모 일본군기지가 있어 건설할 때 가혹한 노동을 강요했다.

후지모토 집안의 뒷문

— 1945년

헛간 지붕에서
대그락대그락 건조한 소리는
경계 경보다
소련군들이
가까운 곳을 서성거리고 있다

넓은 헛간이지만 다섯 가족이나 피난 생활을 하고 있다
각 가족의 아버지가 교대로 보초를 서고
신호에 맞춰 작은 돌멩이를 지붕으로 던진다

어머니는 방을 뛰쳐나와
뒷마당 문을 열어
이웃집 사이 틈으로 숨는다
이 집의 주인
남장을 한 젊고 아름다운 미망인도
빠른 걸음으로 뒷마당 문으로 향해 서두른다

후지모토 포목점은 큰 길 모퉁이
양옥 2층에서는
사방으로 훤히 보여서
보초 당번은 모퉁이 방에서
끊임없이 쌍안경으로 엿본다

뒷마당은 넓고
심어져 있는 나무들 사이로
일본에서 보내 온 것인지
이끼가 낀 크고 작은 초롱이
몇 개 서 있다
소련군인들은
일본 정원의 아름다움에는 흥미가 없는지
뒷마당 문은 눈치채지 못했다

여기 피난소에도 마지막 날이 왔다
미망인이 조선인과 재혼한다

후지모토 집에는 두 명의 아들이 있다
장남은 초등학교 6학년으로
〈카즈미짱〉이라고 하는
여자아이와 같은 이름이었다

아버지는 위궤양을 오랜 세월 앓다가
몇 년 전에 죽었다
주치의는 조선인이었지만
죽은 후에도
미망인이 의지할 수 있는 사람으로서
사랑의 감정이 불길이 되어
잔류하기로 결정한 것 같았다
두 명의 아들은 일본으로 보내고

몇 개월 후
귀환선인 도쿠쥬마루(德壽丸) 갑판에서
〈카즈미짱〉 그리고 남동생과

우연히 재회하였지만
풍문으로는
카가와현(香川県)에 살고 있는 할아버지와 할머니에게
돌아갔다고 한다

내 가슴 속에는
가족의 정의를
명확하게 내릴 수 없는 답답함이
계속해서 남았다

꽃제비
— 1945년 10월 옹진 교외에서

비가 그친 흙탕물에
사과가 떨어졌다
아무도 눈치채지 못한다
주위의 시선을 살핀 후
재빠르게 주머니에 넣었다

경계가 명확하지 않는 가게들이 늘어서 있다
혼잡한 시장
악취가 코를 찌른다
무와 배추
사과도 산더미다

며칠 전에도 와르르 떨어진
작은 사과를 주워
"어머니 떨어졌어요"라며 내밀면
내 얼굴은 보지도 않고
표정 없이 받았다

피난 장소가 후지모토 포목상에서
마을과 떨어진 작은 절로 바뀐 후
시장이 가깝다
절의 부인과 어머니도
매일 조금씩 장을 보러 갔다

사과를 돌려준 날
"테루짱은 착하네"
부인이 칭찬해 주었다
어머니와 자랑스러운 얼굴로 마주 보았다

초가을의 석양이 진하게 드리운 절의 뒷마당
주운 사과를 혼자서 배어먹으면
어머니의 슬픈 표정이 떠올라
눈물이 흘러 멈추지 않는다

다음날

아주머니들 사이로 손을 뻗어
사과를 훔쳤다
어머니는 알고 있었지만 아무 말 하지 않았다
절 부엌으로 돌아와서
아버지한테 호되게 혼났다
"다들 배고파!"
"그걸 참아내는 것이 일본남자다!"

아침
텔레비전 뉴스에서 본 북한
눈보라 속을
꽃제비들이 맨발로
넙죽 엎드려 먹을 것을 찾는 모습이
그 때의 나의 모습과 겹치며
가슴이 메었다

* 꽃제비= 북한의 시장 등에서 배고픔에 먹을 것을 찾아 헤매는 아이들.

그러먼기(機)*
– 1945년 9월 전후

약간 높은 언덕 위에 세워진 피난소
비행장 건설 당시의 노동자들의 것인지
학교로 보이는 건물에는
큰 취사장과 식당까지 있다
눈 아래에는
비행기가 한 대도 보이지 않는 비행장이
멀리까지 희미하다

주변이 옥수수 밭으로 둘러싸여
밤이 되면 스삭스삭 잎이 스치는 소리에
왠지 으스스해져 잠을 못 이룬다
옹진 교외의 일본군용공항

3일째 아침이었던가
굉음과 함께 십여 대의 그러먼기가

*미국의 항공기 회사 및 그 비행기, 1929년 창업, 미해군기 등을 제조.

기체에 별 마크를 붙인 채 날아왔다
제로센 전투기보다 날쌔다는 편대기는
차례차례 급 하강한다
저공이 되면 조종석에 있는 미군 파일럿의 전신이 거의 보이고
웃으면서 손을 흔든다

공항수비대는
소대만이 남아
아직 무장해제를 하지 않았다
젊은 병사가 비통한 목소리를 높이며
하늘을 향해 소총을 들고
방아쇠에 손가락을 집어넣었다
옆에 있던 털수염 중사가
당황하며 뒤에서 껴안으며
제지하였다

젊은 병사의 억울한 눈물과
내 마음은 동화되고 있었다

터널 무기고

— 1945년 9월

터널 안에는
눅눅한 냉기가 땀과 교차한다
기계 기름 냄새인지 쇠 냄새인지
숨 쉬기 힘들 정도로 코를 찌른다
갓 없는 전구가 띄엄띄엄
어둠 속에서 눈을 부릅뜨고
친구들과 손을 잡고
쭈뼛쭈뼛 걸어갔다

어둠에 눈이 적응되면
입구에서 가장 가까운 갱도에
3미터 정도되는 크기의 어뢰가
양 쪽에서 섬뜩한 검은 빛의 윤기를 내며
몇 개가 쓰러져 있다

중기관총인지
아니면 전투기용 기관총인지

몇 십 개가 안 쪽까지
빈틈없이 나란히 놓여져 있고
포탄은 박스에 넣어져
쌓여져 있다
그 안 쪽에도 다양한 무기자재가
셀 수 없이 이어졌다

비행장에서 가까운 작은 산
3개의 터널 무기고
공항수비대의 젊은 하사관이
안내해 주었다
"이렇게나 많은 무기탄약이 쓸모 없게 되었어"
"남쪽에 보낼 예정이었지만
운송선의 조달이 어려워져서"
"언젠가는 여기서 처분하지 않으면 안 되겠지"
처량한 표정을 지으며 중얼거렸다

그 후 며칠 뒤
달이 밝게 빛나고
별이 금방이라도 떨어질 것 같은 밤
먼 바다에서
폭발음과 땅울림이
밤새도록 들렸다

다이너마이트 작전

— 공항수비 소대와 아이들 1945년 9월

'꽝!'
연못의 물은 폭발음과 동시에
10미터 정도 공중으로 솟아올라
물기둥을 만들지만 금방 중력을 되찾고
각각의 덩어리가
역할을 다 한 듯
천천히 연못으로 떨어져 돌아간다

3번째 물기둥이 떨어진 뒤
수면에는 크고 작은 다양한 물고기들이
하얀 배를 드러내며 떠오르고
그 수가 점점 늘어났다

"아직이야!"
"아직 한 발 더 남았어!"

털수염 중사가 큰소리로 호통쳤다

초등학교 친구들 중 한 명이
당장이라도 뛰어들어가려는 모습을 보고
연못에 있던 군인들도 함께 외쳤다

다이너마이트를 6개씩 묶어
심지에 담뱃불을 붙여
연못 사방팔방으로 던진 것은
불과 수십 초 전의 일
굶주림과의 싸움은
아이들에게도
마치 전쟁터와 같았다

매일 점심식사는
군인들이 밭에서 만든
옥수수 하나뿐

드디어 4번째 물기둥이 솟아올랐다

"좋아 이제 그만 됐어"
중사의 큰 목소리가 청명하게 연못에 울렸다
피난소 대부분의 아이들은
그 순간을 기다렸고
일제히 물보라를 일으켰다

오늘의 저녁식사는
밤으로 만든 밥과 생선찜과 생선구이
여기 피난소로 와서
처음 맛보는 진수성찬이다

소련군인

— 1945년 10월

'꽝꽝 꽝꽝 꽝꽝'
높고 날카로운 금속음이 울린다
전부터 미리 정한 신호
피난소 건물은 소란스러워지고
사람들의 달리는 발소리로
복도 안이 떠들썩하다

소련군인이 온다
이런 이른 아침에는 처음 있는 일이다
당황하며 취사당번이던 어머니가
알리려고 갔는지 어느새 모습은 보이지 않는다
언제나 몸을 숨기는 좁고
눈에 잘 띄지 않는 담 사이로

흙먼지를 일으키는 장갑차 3대
어느새 언덕 위로 올라오고 있다
아버지와 둘이서 방 구석에

무릎을 꿇고 앉아 기다린다
형과 남동생 여동생은 어떻게 되었는지
불안감이 스쳐 지나가지만
아마도 어머니와 함께 비밀 장소에

어깨에 걸친 경기관총 원반형 탄창에는
실탄이 보인다
진흙투성이 군화로
방으로 올라오는 소련군인
큰소리로 외치며 총을 들이댄다
아버지는 양팔을 올리며
손목시계가 없다는 제스처를 취한다
소련병사는 양 발목까지 찬
손목시계를 보이며 자랑스럽게
곰보투성이 얼굴을 들이댄다

백인 장교가 군화를 신은 채로

문을 박차고 들어왔지만
눈에 띄는 물건이 없다는 것을 느꼈는지
의심스러운 눈빛을 한 채로
병사들에게 호통을 치고
궁시렁 궁시렁 밖으로 나갔다

그 이후에도 소련군인의 습격은
종종 이어졌다

한밤중의 도피행

— 1945년 11월

별도 보이지 않고
바람도 불지 않는 깊은 밤
구름은 무겁고 축 늘어져
비행장에도
귀환자 피난소에도
암흑 속
조용히 잠을 자고 있다

모포를 덮고
그리 오랜 시간이 지나지 않았다
아버지가 일본인 위원회에서 돌아온 것을
꿈 속에서 느꼈지만
갑자기 나를 흔들어 깨우기 시작했다
긴급연락 비밀행동
목적지를 우리들은 알 수 없었지만

아버지와 어머니는 이미 짐을 챙겨
도피행을 준비 중이다

손을 더듬으며 피난소를 빠져 나와
아무 말 하지 않고 행렬에 끼었다
내 배낭에는 비상식량뿐이다
무거워서 어깨를 짓누른다
어머니는 여동생을 등에 업고
아기인 남동생을 안은 채
울지 않도록 하기 위해
모유를 주고 있다

이 길은 바다로 향한다
바다에서는 배를 탈 수 있다
2백 명 정도의 행렬은 침묵 속에서
느끼고 있었다
목적지는 안전한 장소인 더 남쪽인지
아니면
일본에 직행할 수 있을런지

암흑 속에서
행렬은 3킬로 정도의 길을
산적과 소련군에게
들키지 않도록 경계하며
몇 시간에 걸쳐 해변가에 도착했다

희미한 전구 하나가 어둠 속을 밝혔다
작은 어촌 부두에서
정박하기 어려울 정도의 큰 배를 올려다 보며
"어선이지만 800톤이나 된데"
"아니 1,000톤은 넘어"
주변에서
소곤거리는 목소리가 들렸다

배는 생선 비린내로 가득했다
배 밑에서 모포를 깔고 잘 때쯤
목적지는 인천이라고
누군가의 목소리가 들렸다

인천
— 1945년 12월

절에 오르는 길은
희미한 아침 햇살이 비추어 수채화가 된다
항구가 손에 잡힐 듯 가깝게 보이고
바다는 조용하게 숨을 내쉰다
며칠 전의
피로와 긴장감에서 해방되어
크게 심호흡을 한다

인천에 있는 동본원사(東本願寺)의 별원은
일본인 위원회가 지정한 피난소
수백 명이 집결해 있다
드디어 귀국이 가까웠는지
아버지와 어머니의 표정에서도 읽을 수 있다

높은 곳에서의 풍경은 좋고
먼 바다에는 거대한 미군군함이 정박해 있다
배 후미에서는 바다거북이 알과 같은

상륙용 보트가 차례차례로 나타나고
육지에 도달하면
그대로 모래사장을 빠져 나와
멀리 산골짜기로 사라진다
그래 여긴 남한이다

본당 앞에서
아버지와 경비병인 미군이
서툰 영어로 대화를 하고 있다
멕시코계인 이 군인은
엄지 손가락을 세운 후 아래로 내렸다
"애앵~ 꽝"이라며
아마도 히로시마와 나가사키의 일을 말하는 것 같다
귀환자에게 정보가 오지 않는다
위력과 피해 규모를
아버지는 열심히 들으려고 했다

밤에는 영화 상영회가 마련되어
만화 〈노라쿠로 일등병〉을 틀어주었다
무성에 변사도 없지만
우리 아이들은
차가운 돌계단 길에 앉아
꼼짝달싹 하지 않은 채
탐독하듯 보았다

분주하고 추운 날이 이어졌다
아마도 귀국길은
선발단의 선례도 있고 해서
철로로 부산까지 가서
부산항에서 귀환선으로
어른들 사이에서 수근대기 시작했다

밤 늦게 내려 쌓인 눈은
항구 마을을 온통 새하얗게 바꾸어 놓았다

3
귀향

산적의 습격

— 1945년 12월

"빨리 빨리 빨리!"
총성과 함께
어두운 화물열차 안을 몇 개의 광선이
비스듬하게 찢어놓았다

남자들은 순식간에 바닥에 엎드리고
여자들은 놀란 아이들을
끌어안고 엎드렸다

총성이 멈춘 것을 확인하고
습격 당한 쪽에
배낭을 쌓아
바깥 상태를 살폈다

산적의 습격
산 쪽에서 중기관총을 쏘아대었다

그것은 틀림없는 중기관총이다
몇 개월 전 터널 무기고에서
군인들이 들고 나와
나이 많은 아이들에게 쏘게 해 준
그 총성이다

열차는 멈추고
일본인 위원회 직원과 미군
그리고 산적의 두목인 듯한 왜소한 남자
세 명이 이야기하는 것이 보였다

미군 두 명의 무기는
허리에 찬 권총뿐
익숙한지 교섭은 금방 끝났다

인천에서 3일 3박
공포는 부산까지 이어졌다

비참한 부산항

— 1945년 12월 22일

부두에 가까운 거대한 창고
귀국선에 타는 사람들은
천 명은 넘을 것이다

아침 일찍 도착한 그룹 순으로
입구 가까운 장소에 자리를 차지하고
창고는 거의 꽉 차 있었다

귀환위원의 몇 명은
눈을 빠르게 돌리며
자신의 그룹 인원 확인과
총인원 정리를 서두르고 있다

정신을 차리고 보니 떨어진 벽 쪽에는
사람들이 빙 둘러 앉아있고 큰소리로 소란을 피우는 사람과
말 없이 눈물 흘리며 돌아오는 사람 등
이상한 분위기가 흘렀다

어른들 사이를 재빨리 빠져 나와
맨 앞에 나왔다 벽 앞에
눈을 감고 누워있는 여성과
흐느껴 우는 갓난아기

여자는 머리카락을 짧게 자르고
바지에 각반을 감아 남장을 하고 있지만
앞가슴이 벌어지고 젖가슴을 드러내고
아기를 끌어 안고 있었던가
앙상한 팔뚝은
힘없이 쳐져 있다

여자의 왼손은
가슴을 짜는 손놀림이지만
이미 경직되어 있었다

귀환선

— 1945년 12월 23일

귀환선 도쿠쥬마루(德壽丸) 안에는
악취로 가득했다
갑판에는 넘칠 정도로 사람이 모여
축제 전야의 활기를 보이지만
아직 동이 트지 않아 어둡고 찬
겨울바다

머지 않아 보이겠지
일본 육지
생사를 걸고 살아서 돌아 온 사람들은
진행방향을 향해 까치발을 세워
전방을 보고 있다
벅찬 감정을 누르듯
하얀 입김을 내뱉으며

동쪽 수평선이 광명을 머금고
오른쪽 저편에 보랏빛을 한

육지 같은 것이 보이기 시작했다
그 윤곽이 점점 두드러지면
갑판에서는 함성과 환호성이 터졌다

"형 저게 일본이야?"
돌아보는 형의 말을 가로막으며
옆에 있던 노인이
"그래, 쓰시마지"
하얀 털이 섞인 수염을 한 노인은
자신에게 이야기 하듯
강한 어조였지만 눈동자는 젖어 있었다
노인은 깊게 하얀 입김을 내뿜고
꿈쩍도 하지 않고 전방을 응시하였다
주위에 가족의 모습은 보이지 않았다

〈카즈미짱〉을 발견했다
옆에는 남동생도 함께다

옹진에서 신세를 졌던 생각과
그리움이 복받쳐 올랐다
주위를 둘러보지만 아주머니는 보이지 않는다
역시 잔류한 것이다
말을 걸어보려 했지만
교복을 입은 두 사람의 표정은
너무나도 외로워 보였다

우리 가족
모두가 함께 돌아가는 행운이
그들에게 미안한 기분이 들었다

처음으로 보는 일본
꿈에서 본 일본
벅찬 감정으로 가슴이 메어와
거대한 굴뚝 받침대에 기어올랐다
아침 해가 수평선을 물들이면

파도가 하얗게 반짝거리고
멀리 육지에서는
작은 집들이 보이기 시작했다

아버지와 어머니도
이 갑판 어딘가에 있다
아직 어린 여동생과 남동생을 안고서

하카타항(博多港)

— 1945년 12월

기억이 없다
일본땅에서의 첫걸음을
당연히 감격의 정점에서 밟았을 텐데
웬일인지 기억이 나지 않는다

불분명한 잔상은
하카타항의 넓은 부두
넘쳐나는 사람들의 흐름은 소용돌이 치고
마중 나온 사람들이 들고 있는 플랫카드
목청껏 귀향자의 이름을 부른다
가족들과 손을 잡고 있지 않으면
금방이라도 미아가 될 것 같다

힘겹게 귀환자들만의 통로로 들어가면
자욱한 하얀 연기가 피어 오르는 길
분사식 노즐에서 뿜어 나오는 DDT

* DDT(Dichloro Diphenyl Trichloroethane)= 디클로 디페닐 트리클로로에탄으
로 부르는 유기 염소 계열의 살충제.

머리 끝에서 속옷 안까지
순식간에 온 몸은 새하얗게
담당관은 능숙한 솜씨로
표정 없이 한 명씩 처리해 나간다

항구에서 하카타역까지
걸어서 이동하였는지
무언가를 타고 이동하였는지
기억이 없다
우리 천 명 정도의 귀환자를
기다리고 있던 것은 석탄을 싣는 화물운반차량
콧구멍과 눈 가장자리가
그을음투성이가 되면서

산요본선을 타고 동쪽으로
움직이기 시작했다

산요본선(山陽本線) 화물운반차량

— 1945년 12월

차가운 날씨 속
산기슭 농가의 하얀 담
석양이 지는 정원에 빨간 감 열매가
쓸쓸하게 두세 개
마치 상자 안에 모형으로 만든 정원 풍경
북한에서 자란 나로서는 생소하지만
왠지 정겹다

'덜컹 덜컹 덜커덩
덜컹 덜컹 덜커덩'
산요본선의 화물운반차량은
평화를 되찾은 안도감인지
귀환자를 태우고 천천히 달렸다

터널로 들어가면
기관차에서의 매연을
머리부터 완전히 뒤집어쓰고

서둘러 모포를 뒤집었다
산요본선은 터널이 많아
반복 또 반복해서
모포를 뒤집었다

어둑어둑해지고
어머니가 하카타역에서 산 저녁식사
도시락을 나눠주었다
뚜껑을 열고 놀랐다
기대하고 있던 도시락 안은 쓰레기로 가득
어머니에게 그 사실을 알리자
"그건 보리밥이란다"
몰랐다 이 세상에
보리밥이 있다는 것을

앞으로
어떤 생활이 기다리고 있을지

이상하게 불안하지는 않았다

'덜컹 덜컹 덜커덩
덜컹 덜컹 덜커덩'
철로 주변은
상자 안에 모형으로 만든 정원 풍경이 이어졌다

불타버린 다카마츠(高松) 들판
― 1945년 12월

산요선에서
분리된 열차는
열차 그대로 우코연락선(宇高連絡船)에 실렸다
동해 바다의 거친 파도에 고생한
2일 전과는 다르게
세토내해(瀨戶內海) 바다는 온화하게 반겨주었다

어두워지기 시작한 갑판에서
몸을 내밀었다
하나씩 불이 들어오는
바다 건너 시코쿠(四国)
앞으로의 목적지인
다카마츠(高松)를 찾았다

한밤중의 종착역
플랫폼에 내리는 사람들은
뜸했다

아버지는 역무원에게 여관을 물어본 후
우리가족 6명은 무거운 발걸음으로
약간 높은 산 중턱에 위치한
여관에 도착했다

여관 창문에서 보이는
달빛이 드러나
눈에 보이는 모든 것이
휘어진
검은 철골의 잔해

여기 다카마츠(高松)의 무참한 광경은
머리 속에 선명히 남아
평생 지워지지 않는다

말로만 들었던 내가 태어난 마을은
어떻게 되어 있을까

고향

― 1946년

산골짜기를 흐르는 작은 계곡은
요시노(吉野川)강의 지류
군데군데 평지가 있어
논과 밭이 펼쳐진다

패전이 되었을 때
조선에서 본 뭉게구름이
이야(祖谷)지역 상공 부근에서부터
뭉개뭉개 봉우리를 만들고 있다

도로에는
하루 두 번의 정기버스
장작을 태워 연기를 내뿜으며 달린다
고개를 하나 넘으면 금방
카가와현(香川県) 에이메현(愛媛県) 고치현(高知県)

비가 그치면

논두렁과 강가에서
민물게들이 슬금슬금 기어 나온다

반딧불은 강 수면에 넘쳐
논 위에까지 날라올라
밤하늘을 밝혀준다

학교에 가지고 가는 도시락은
신문지로 싼 찐감자 하나
신발도 직접 만든다
자기 전에 볏짚을 다져
부드럽게 한 후 새끼를 꼰다
네 가닥으로 만든 후 발가락에 걸어
내 발에 맞추어 엮어나간다

모두 처음 보는 풍경
모두 첫 경험

힘든 일도 있고 배도 고프지만
소련군인의 공포와 괴롭힘도 없다
여기는 고향

아~ 평화는 좋다

해제

가슴에 새긴 풍경과 그리움

시인 정어린(鄭於隣)

내가 사는 마을에 일제(日帝)시대 청년기를 살아 온 노인이
계셨다. 가끔 길에서 만나면 '투철한 반일(反日)감정'을 드러내
며, 교육자인 나에게 "일본을 제대로 알고 가르치시요"라고 당
부하곤 했다. 내가 일본 방문 시, 그 노인이 일본 옛 유명연가
(戀歌)를 부탁해서 CD 한 세트를 사드린 적이 있었다. 얼마 후
길에서 그 분의 아들을 만나, 노인의 안부를 묻자 뜻밖의 상황
을 알게 되어 심히 당혹한 적이 있다.

내가 사드린 그 음악을 수시로 들으며 심지어 눈물까지 흘리
는 것을 아들이 여러 번 목격했다는 것이다. 나를 만날 때마다
일본에 대한 적개심을 토로하던 노인이 흘러간 일본음악을 들
으며 감동하는 것은 무엇 때문인가? 나는 한 동안 노인의 이율
배반적인 태도와 상황이 연결되지 않았다. 지금은 고인이 된 그
분의 '이성과 감성의 괴리(乖離)'를 내 청춘이 저만치 멀어져 간
지금에야 다소 알 듯하다. 반일의 머리(이성)를 가진 노인이 자
신의 가장 화려한 청년 시절로 타임머신을 타고 가면 아름다운
문화(감성)의 고향으로 직행하는 것이다.

인간의 역사적 경험이란 이성과 감성의 문으로 각기 출입하는 듯해도 내부는 하나의 동일한 공간이다. 그러니 우리의 현재란 과거의 다른 이름이고, 과거의 한 반영인지도 모른다. 그런 점에서 과거를 반추하고 회고록에 가까운 글을 쓴다는 것은 행복했던 과거의 우물에서 생명수를 길어 올리는 행위라고 할 수 있다. 더구나 시(詩)는 '압축 파일'과도 같아서 생각의 엑기스를 담아내는 적절한 양식이라 여겨진다. 그래서 한 시인의 시를 평하는 것은 지극히 조심스럽고 어려운 일임을 먼저 고백한다.

지은이 타무라 쇼지 시인(이하 詩人으로 칭함)은 1936년에 일본에서 태어나 교사인 아버지를 따라 한국에서 9년 정도 살았다. 일제 식민지배가 막을 내린 1945년 일본으로 돌아가 사업가 그리고 문필가로 노년의 삶을 살고 있다. 여기 33편의 시는 어린 그의 눈에 비친 한국의 산하와 사람들에 관한 추억의 스케치이다. 물론 그 후에 일본으로 귀환하는 숨가쁜 과정도 생생하게 재현해내고 있지만, 여기서는 한국 생활과 관련한 글들을 중심으로 논의하기로 한다.

"1945년 8월 19일
살고 있던 황해 쪽 북한에서 38도선을 향한 지 3일째
필사적으로 기어가듯 걸어 도착했다
열기가 극에 달한 한낮 길가에서 수증기가 피어 올랐다
…
아버지는 미간을 찌푸리며

'흩어지면 안된다' 어머니와 자식들 4명에게
무서운 눈초리로 말했다
…

조금이라도 38도선 근처로 가기 위해
아버지 뒤에서 발을 질질 끌며 계속 걸었다
물집이 터져 운동화가 피로 물들었다.
– 〈기마장교〉(1945년 8월 19일)

이렇게 밤낮을 걷고 배를 타고 하여, 옹진(1945년 9월)-인천
(12월초)-부산을 거쳐, 일본 하카타항(1945년 12월말)으로 귀
환하게 된다. 이 책의 반쯤은 귀환 이후의 과정을 담고 있지만
여기서는 논외로 하겠다. "식민지 조선 일본인 소년의 울림 있
는 서사시"란 부제처럼 시인은 한일(韓日)의 역사를 뛰어 넘어,
지극히 개인적인 체험을 공개하고 있다. 시인은 80년의 삶을
돌이켜 보면서, 그가 어린 시절(초등학교) 살았던 산하의 풍경
과 만났던 사람들에 대한 기억이 아름다운 씨앗으로 자리 잡고
있음을 은연중에 드러내고 있다.

조선 땅에서 겪은 사춘기 소년의 눈뜸을 몇 가지로 나누어 정
리해 보자.
(1) 할머니의 죽음과 인생에 대한 물음 (2) 김장문화에 대한
향수 (3) 부친의 교육열과 조선인 친구에 대한 그리움 (4) 이별
과 귀환과정의 상처와 연민

첫째, 할머니의 사망을 통해 얻은 인간의 생사에 대한 작은 깨달음이다.

'내리사랑'이라는 말처럼 대부분의 조부모는 부모보다 조손에 대한 애정과 표현이 구체적이고 노골적이다. 자신의 분신과도 같고 모태와도 같은 조모의 죽음을 통해, 마치 자궁에서 이탈하는 듯한 발전적 독립감을 얻지 않았나 사료된다. 정신의 성장통인 것이다.

"할머니를 화장하고 있다
싸락눈은 바람에 날려 춤을 춘다
산은 하얗게 얼고 불길은 요동치고 있다
…
집안에서도 바다가 보이는 뒷밭에서도
작은 체구의 할머니 등에 업혀 철이 들었다
…
할머니는 왜 뼈가 되었을까?"
– 〈출생 후 첫 기억〉(1938년)

시인의 성장과정에 밀착되어 있던 할머니의 장례절차를 소상히 묘사하면서 삶과 죽음의 경계를 깨닫기 시작한다. 즉 '할머니의 등'은 자신의 몸의 일부였는데, 그 이탈과 격리를 통해 자신의 정체성을 확인하는 것이다. 그래서 사춘기를 '제2의 탄생', '정신의 탄생'이라 부르는 것인가 보다. 이 같은 현상은 아버지가 교장으로 있던 학교의 직원인 최 씨의 모친이 사망하는 사

건으로 더욱 깊어진다. "할머니처럼 귀여워해 주었다"는 표현은
조모에게서 받은 사랑이 모든 사랑의 모델이 된다는 결론과도
닿아 있는 것이다.

"학교 직원인 최 씨의 어머니가 돌아가셨다
언제나 따뜻한 눈빛을 주름 속에서 보이시고
할머니처럼 귀여워해 주셨다
…
무덤정면에는 도라지꽃이 가득 놓여 있다"
– 〈만가(挽歌)〉(1943년 전후)

둘째, 한국의 김장김치 문화에 대한 향수이다.
시인은 김장 배추를 자르는 것부터 저장하는 과정까지 제조
의 전 과정을 소상히 묘사하고 있다. 그리고 속에 들어가는 양
념과 과일까지 어린 남자아이의 기억이라곤 믿기 어려운 예리
한 관찰이 돋보인다. 아마도 겨울을 나는 주된 반찬이며 한국을
대표하는 음식문화인 김치에 접목되는 신성한 체험이었기 때
문이라 보여진다.

"아낙네들은 배추를 두 동강 내어
배추 한 잎 한 잎 사이에 양념을 바른다
고춧가루를 붉게 물들 때까지 발라서
새우젓과 잣을 가득 얇게 썬 사과와 배를 사이에 끼운다
손은 붉게 물들고 익숙한 손놀림으로 빈틈없이

항아리 속에 나란히 놓는다

...

우리 집 김치에는 룰이 있다

설날에 처음 항아리를 여는 것

살짝 겉절인지라 아삭하고 배추줄기의 부드러운 주변은 얇게
얼어 있다

따뜻한 온돌방에서 입 안에 넣어 천천히 씹으면 맛있다"

– 〈김장하는 날〉(1944년 겨울)

이 같은 행위는 김장김치를 처음 시식하는 의례로까지 이어
지는 듯하다. 설날 비로소 항아리를 개봉하여 겉절이에 가까운
김치를 먹기 시작하는 것이다. 더구나 얼음이 씹히는 김치를 열
기 가득한 온돌방에서 먹는 대비는 김장의 본질과 현실적 효능
을 절묘하게 매치하는 종교행위라 해도 지나치진 않을 것이다.
한국의 대표음식이란 상징성을 떠나, 추운 겨울을 김치에 의존
하여 월동하던 어린 기억이 한국생활의 중심에 '김장과 김치'를
놓은 계기가 되지 않았을까 하는 생각이다.

셋째, 아버지의 교육열과 조선인 친구들에 대한 각별한 그리
움이다.

시인의 아버지는 식민지 피지배민족을 교육하는 입장이지
만, 조선인에 대한 편견 없이 가정방문을 통해 독려할 정도로
열정을 가지고 있었던 것 같다. 시의 각주를 통해 한 단면을 들
여다보자.

"교장이신 아버지, 지방 공무원은 입학은 했으나, 등교하지 않는 아이들의 가정을 방문하여 부모를 설득해 통학을 독촉하였다. 학교가 쉬는 날이면 아버지 손에 이끌려 그러한 집들을 방문하였다. 아이를 데리고 가면 설득하기 쉽다는 아버지의 배려였다."

농촌 일꾼으로서 일거리도 많은데, 학교에 보낼 필요를 못 느끼는 대부분의 학부모를 찾아다니며 학교에 보낼 것을 설득한다. 심지어 자신의 자녀인 시인을 대동함으로써 본을 보이는 것은 진정한 교육자로서의 부친을 단적으로 드러내는 장면이다. 그래서 시인은 조선인 친구들과도 이물 없이 교류하고, 나아가 그들과의 추억의 창고에도 풍성한 내용이 담기게 되는 것이다.

"어른 주먹 크기만한 조개가 여기저기 굴러다니고 있다
…
생선과 조개토막을 바늘에 꽂아
낚시줄을 던지면 금방 망둥어가 걸린다
…
여름방학 대부분
바다 근처 구포리에 살고 있는 같은 반 친구
구군의 집에서 지냈다
…
저택 마당에는 오래된 대추나무가 있어
시원한 나무 그늘에서 3명이서 낮잠을 자거나
검붉게 익은 열매를 골라 먹었다

...

모기장 안에서도 5명 정도가 잘 수 있는 크기다
누우면 매일 밤 같이 젊은 여자들이 곁에서 함께 잤다
부채로 잠이 들 때까지 부채질을 해 주었다"
– 〈황해에서의 조개잡이〉(1944년 여름)

위의 시를 통해 짐작할 수 있는 놀라운 점이 있다. 방학 때,
조선인 친구의 집을 마치 친척집처럼 다니며 생활했다는 것, 심
지어 그들의 가족과도 서로 막역하게 지냈다는 것이다. 친구의
어머니나 누이처럼 보이는 여성들이 함께 자면서 '잠이 들 때까
지 부채질해 주는 장면'은 시인을 동족으로까지 인식했다는 결
정적인 단서를 제공한다. 식민지의 지배와 피지배의 대립적인
관계에 있어도, 현실은 애정의 용광로에서 융화되고 동화되는
모습이 역력하다. 친구를 회고하며, 마치 이산가족과도 같은
상념을 토로하는 이유에는 이 같은 배경이 자리 잡고 있다.

"소년 시절을 보낸 눈에 선한 고향이여
옛날과 같이 있으라
친구여 혼돈한 북한에서 무사히 살아남았느냐
간절히 빈다 건강히 살아주기를 "
– 〈친구와의 만남〉(1943년 쯤)

넷째, 이별과 귀환의 과정에서 얻어진 아련한 상처와 연민
이다.

이 대목에서 다소 낯선 장면 하나를 떠올려 본다. 소녀들이 가족과 헤어져 어디론가 떠나는 광경이다.

"땋아 내린 머리의 소녀들이
가족들과 헤어져 포플러 가로수 길을 걷는다
…
올해도 봄이 가깝다
눈이 녹아내리는 포플러 가로수 길을
가족들의 배웅을 받으며
먼 동쪽 고개로 여행을 떠나는 소녀는 있을까"
– 〈소녀들〉(1943년 4월)

각주에서 시인은 '여자근로정신대'와는 시간적인 차이가 있다고 서술하고 있지만, 소년의 기억에 시간에 대한 오차가 있었을 것으로 생각된다. 비록 당시의 명분은 '취업'이었지만, 전국 각처에서 착출된 소녀들이 가족을 떠나는 일은 달리 설명할 방법이 없다. 결국 이 같은 고통은 시인이 곧 맞닥뜨릴 현실에 대한 복선처럼 느껴진다. 일본 패망과 함께 찾아온 일본으로의 귀환이다.

"운동장 서문에서 마을로 빠지는 좁은 언덕길
쨍쨍한 햇빛을 째며 검푸른 하늘에는 뭉게구름 봉우리가
뭉게뭉게 이어졌다
길 양 옆에는 여름풀이 무성하여 숨 막힐 듯한 열기
마을로 내려가는 중간쯤

큰 느티나무가 절벽을 향해 뻗고 있다

…

여기 교정면은 전기가 들어오지 않는다

라디오도 전화도 없다

하루 한 번 집배원이 올 뿐이다

어제 정오에 옥음방송(쇼와일왕의 항복방송)이 있었다는 것을

하루 늦게 알게 되었다"

— 〈구름 봉우리〉(1945년 8월 16일)

이 시집의 표제인 '구름 봉우리'라는 시의 한 대목이다. 황해
도 옹진군 교정면 교정초등학교 교장으로 있던 부친을 따라 함
께 했던 산하의 풍경이 구름 속의 봉우리처럼 시인의 가슴에 모
였다 흩어짐을 반복하고 있다. 봉우리는 그대로 있지만 구름이
우리의 시야를 가린다. 백지와 같은 소년 시절에 각인된 오롯한
기억들은 과연 봉우리인지, 구름인지?

시인은 일본 귀환 후에도 치열하게 삶을 살아 냈다. 인생의
종착역에 다다르면서 출발지와도 같았던 조선, 더구나 북한 쪽
에 있어 접근이 쉽지 않은 그 추억의 창고 앞에서 노크를 하고
있다. 시간과 공간을 초월하여 늘 심중에서 우리를 흔들어대는
첫사랑처럼 소년의 심중에는 여진(餘震)과 같은 흔들림이 시방
도 존재하는 것이다.

설레임, 그리움, 여인들의 사랑, 뜻 모를 싸움과 갈등, 전쟁과
평화, 전후(戰後)의 책임과 증오, 그저 바람뿐인 가슴 …

구름 봉우리
나의 제2차 세계대전

초판 1쇄 인쇄 2015년 6월 10일
초판 1쇄 발행 2015년 6월 20일

지은이 타무라 쇼지
옮긴이 고명성
펴낸곳 논형
펴낸이 소재두
등록번호 제2003-000019호
등록일자 2003년 3월 5일
주소 서울시 관악구 성현동 7-77 한림토이프라자 6층
전화 02-887-3561
팩스 02-887-6690
ISBN 978-89-6357-149-2 03830
값 7,000원

이 도서의 국립중앙도서관 출판예정도서목록(CIP)은 서지정보유통지원시스템 홈
페이지(http://seoji.nl.go.kr)와 국가자료공동목록시스템(http://www.nl.go.kr/
kolisnet)에서 이용하실 수 있습니다.
(CIP제어번호: CIP 201501642)